그런 말 하는 거 아니다

한 여섯 살 먹었을까
노란 날개 달린 발레복 입은
예쁜 여자아이가
빨간 브라우스 입은 예쁜 엄마와
룰룰랄라 버스에 올라서는
내 뒷자리에 나란히 앉았다

아이가 쫑알거리는 말이
"난 할머니가 너무 좋아
할머니 오시라고 전화해야지"
착 가라앉은 목소리로 엄마가 하는 말

"그런 말 하는 거 아니다"

가엾은 영감태기

가엾은 영감태기

ⓒ박산, 2024

1판 1쇄 인쇄__2024년 07월 01일
1판 1쇄 발행__2024년 07월 10일

지은이__박 산
펴낸이__양정섭

펴낸곳__예서
　　　　등록__제2019-000020호

제작·공급__경진출판
　　　　사업장주소__서울특별시 금천구 시흥대로 57길 17(시흥동), 영광빌딩 203호
　　　　전화__070-7550-7776　팩스__02-806-7282
　　　　네이버 스마트스토어__https://smartstore.naver.com/kyungjinpub/
　　　　이메일__mykyungjin@daum.net

값 12,000원
ISBN 979-11-91938-77-7 03810

예서의시 034

가엾은 영감태기

박산 시집

예서

차례

그런 말 하는 거 아니다

제1부

제2부

제3부

제4부

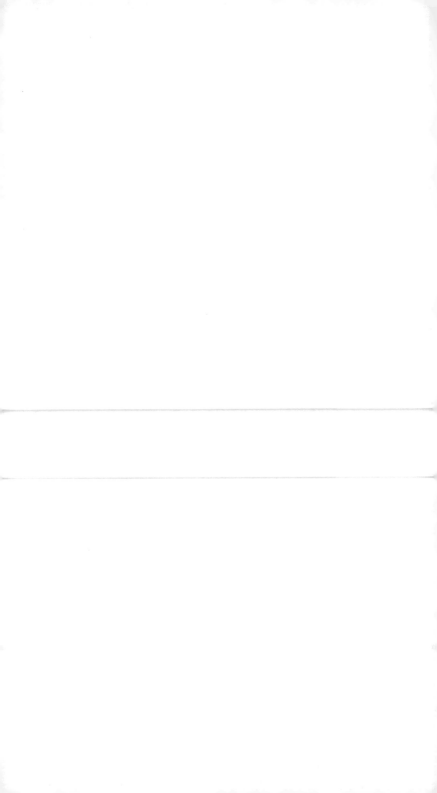

제1부

스트레스 죽이기

혼자서

그냥

죽자사자

걷는다

천작 淺酌

찬찬히 혀를 움직여
요리조리 구석구석
미각 여행하다가
문득 눈에 든 별 하나에
떠오른 긍정의 생각 하나
그렇지! 하고는
스르르 목구멍을 넘깁니다
또 한 잔을 위한 작은 갈증은
한가롭기만 합니다
빈 술잔에 채운 미소가
단아한 여인이 되어
두 손 모아 잔을 권합니다
취할 수 없는 몇 잔에
이리 행복합니다

연륜

사십여 년 전
한 서른 먹었을 때

딱 지금만큼의
신중과 지혜가 있었다면
덜 싸우고
덜 속상하고
덜 섭섭해서

더하고 빼기의 편차가
그리 크지는 않았을 터인데…

하긴

시간이란 재료로
세월을 찍어낼 수는 없는 일

회암사에 가보세요

맥이 빠지고
의욕이 사라진 날엔
양주 회암사에 가보세요
화재로 사라졌던 절이지만
돌덩이 하나하나
조각조각 부서진 기왓장
우뚝 선 당간지주
여기저기 깔린 주춧돌들
깜짝 놀라게 큰 궁궐 같은 256칸 절터
발로 밟으며 손으로 만지며
여기저기 퍼즐을 맞추다보면
쓰렸던 과거도 끼어들고
기뻤던 순간들도 튀어나오는
회암사지 타임머신의 창가에는
천보산 산안개 자욱이 내려와
부도에 새겨진 모습 그대로
아름답게 휘감다 천상으로 오르지만
구름 떠난 자리에 선 나는
새삼 이승이 좋아졌고
누군가가 미치도록 그리워져

번잡하고 이기적인 도시로
다시 가고 싶어졌지요
회암사에 가보세요

*경기도 양주시 회암사지

무생茂生

그냥 걸었다
도시에 붙은 바닷가였다
센바람에 코끝이 시렸다
등짐에서 땅콩 섞인 초콜릿을 꺼내 먹었다
새삼스럽게 더 고소하고 더 달콤했다
쓴맛에 익숙했었다

일흔 언저리 이제야 단맛을 알았다

사면춘풍 하기

너도나도 외치는 백세시대
사는 거야 각자의 자유겠지만
혹여 얼굴 굵은 주름살들이
남아 있는 내 젊음의 혼적을 앗아갈까
혹여 병마란 놈이 친한 벗인 양
슬쩍 내 몸에 들어앉을까
일흔 언저리 사는 난
미래를 무서워하는 겁쟁이 바보
그러다 얼굴 붉혀 내리는 결론
백세까지는….
참… 염치없는 일이고
그냥저냥 사는 날까지
여기서도 웃고
저기서도 웃고

허허허!
하하하!

*사면춘풍: 누구에게나 좋게 대하는 일

17

거시기

시도 때도 없이
꿈틀대는 것을
내 것이면서도
어쩌지 못했는데
요즘은 이 밉상의 짓도
자리 깔아 하라 해도
멈칫멈칫 딴짓이다
어즈버 태평세월에
철학이 스며든 척
갓 쓰고 도포 갖춰 입은
도인 하나 나섰다

좀바위솔

벼랑 딱딱한 바위에 안겨 있다고 무딘 사랑일까요
그냥 그렇고 그런 이끼란 소리 죽기보다 듣기 싫어
분홍점 흩어 뿌려 가을꽃을 피웠지요

이런 적이 절대 없었는데
누군가 눈을 바짝 대고 날 보고 있어요
그가 뿜어내는 숨소리가 느껴지니
부끄럼 잘 타는 난 더 붉어졌어요
박동도 빨라졌지요
어어!
여기저기 주위 친구들과 이끼들
부러워하는 시선이 다 보여요
어쩌지요! 어쩌지요!
어디론가 도망가야지 중얼거리지만
말만 그렇지
조금만 더
조금만 더

애원하고 있어요

1/n

내가 먹은 만큼 나눠내자는데
무슨 불만이 있을까만
사람 사는 세상
어찌 삐죽 내 몫만 내밀까
형편 따라 2/n도 3/n도 4/n도….

내가 좋아하는 영어 한 마디
'Let Me Buy a Round for Everyone'
—내가 여기 거 다 쏠께!—
기분은 이래야 세상사는 맛 나는 기 아닌지

서넛 만나 막걸리 한 사발 하는데
1/n은 무신 얼어 죽을….

運7技3

친구야! 새삼스럽게 말이야…

거 뭐 이제 와서 지난날이 억울하다 어쨌다

너무 속 끓이지 마시게나

뻐꾸기 우는 소리도 다 사연 있다는 거 알고도 남을 나이 아
니겠나

줄 잘못 선 게 어찌 내 탓이며

엎어터지며 살아온 내력 역시 어찌 내 탓뿐이런가

분노하고 억울해하지 마시게나

가만 따져 내게 물으면 나만 모르고 있는 내 탓이 사실 크다네

혹여 아무도 알아주지 않는 나만의 콤플렉스를

순백의 우등한 자만으로 착각하고 살아오지는 않았는지

그런 거 저런 거 그냥 다 잊으시게나

아직 팔다리 성성한 이제부터라도

편하고 또 편하게

運7技3

이리 생각하고 사시게나

무장다리꽃과 골프공

무장다리꽃이 한창인
어떤 큰 섬의 오월
여기저기 널린 바닷가 골프장에서
기분이다!
바다로 날린
계란 한 판 값 골프공을
팥죽 새알심으로 알고
덥석 삼켜버린 물고기가
하필이면
갯바위 틈새 끼어
아가미 벌렁거리다 최후를 맞아
물 위 둥둥 떠다니는데
크고 작은 갈매기에 이리 쪼이고 저리 쪼이다가
달랑 남은 골프공만 다시 바다로 빠져
또 다른 물고기가 덥석 삼켜버렸다
무장다리꽃이 졌다 핀 세월에도
골프공은 아직도 단단하다

유월의 정원

순간순간들이 쏜살같이 달려와 시간을 만들더니 시간은 뉘엿 뉘엿 넘어가는 해를 불러 세월을 만듭니다. 세월도 다닥다닥 검은 터럭을 키워내면서 사이사이 기억을 지우기 시작합니다. 금계 국 노란 꽃이 환하지만 머리 빳빳이 쳐든 기생초도 당당합니다. 잃어버렸던 것들은 애초부터 그러기 위함이었고 가장자리를 싫어하여 중간의 어정쩡함을 택했던 것 또한 단지 편안하고 게으르기 위함입니다.

졸졸 흐르는 냇가에 팔랑거리는 나비 한 마리, 꽃보다는 풀잎에 서성거리는 것이 철부지임이 분명하지만 작고 불분명한 것들, 이를테면 어디서 오는지 모르는 바람이나 어찌 왔는지 알쏭달쏭한 피라미들, 어디선가 옮겨왔을 작은 바위덩이 몇 개, 저쪽 한편 그늘을 만든 그림자들, 그 옆 작은 숲의 속삭임에 점점 커지는 참새들의 지저귐⋯. 들들이, 다시 또 달려드는 순간순간들을 의식 못하게 하는 한가운데의 모순이지만 지금 당장은 매일 매일이 평화롭고 좋기만 한 걸 어쩌겠어요. 유월의 정원이 중순을 벗어날 즈음 터럭 속에 숨은 세월 탓은 안 할 겁니다. 어차피 사라질 기억이거든요.

여기 미나리꽝이 흐르고 있었다네

미나리가 많아 그냥 미나리꽝이라 불렀다네

바람 불면 휙 뒤집힐 쪽배 하나 떠 있었고
배추 고추 아욱 심어 똥거름내 텃밭이 붙어 있는
이 작은 미나리꽝에도 미꾸라지 붕어 메기가 살았다네
옛날 옛적 훠어이! 훠어이!

꽝 물은
땡땡 전차 다니는 도로 밑을 지나
요란스레 한강철교 넘는 기차 소릴 미워하며
노량진역 샛강 건너 여의도로 흐르고 흘렀다네

어느 날부터인가 꽝이
트럭에 실려 온 마구잡이 것들로 메워졌다네
배고픈 사람들의 허기진 눈길로는
잘 가라는 인사 한마디 못했다네

50년 세월이 더 흐른 지금
꽝을 깨우던 새벽안개
물보라 치며 날던 왜가리

광대뼈 불거진 늙은 쪽배지기의 노 젓는 풍경
붉은 노을 떨어진 꽝가 풀숲에서 들리는
아이들 술래잡기 다방구 소리
이모노공장이라 불렸던
주물공장에서 흘러나오는 붉은 녹물까지도
그곳에 살다간 사람들의 영혼으로 사라졌다네

배고픈 자동차들이 쉴 사이 없이 드나드는 주유소, 1호선 전
철역 입구, 9호선 지하철역 입구, 장승백이역 입구, 육교, 수산시
장 입구, 햄버거집, 치과, 내과, 칼국수집, 시장, 닭갈비집, 호프집,
커피집, 은행, 원룸, 빵집, 포장마차, 꼬치집, 작고 큰 건물에 빼곡
들어선 학원들, 고시원, 당구장, 노래방 등등에 간신히 비빌 공간
허용한 올망졸망한 사육신묘지 노들나루로 이어지는 골목들

다 모른다네, 여기가 어디였었는지를

여기 미나리꽝이 흐르고 있었다네

화촉 華燭

어둠을 밝힐 것 찾다
핏물 서린 스테이크에 붙었다
잘린 덩어리 따라
지조 잃은 빛도 흩어졌다

'축 결혼'
십만 원짜리 대가성 Fund
비대칭의 촛농 한 방울로
진실을 흉내 내긴 어렵다

빛을 보아주는 이 그 누구인가
덤덤한 사람들이 기계처럼 떠든다

화려한 드레스에 들뜬 신부가
흥에 겨운 신랑 입술만 받는다

겉치레로 경직된 소음 속
화촉이 비출 곳을 잃었다

*양재동 결혼식장에는 빛깔을 들인 화촉(華燭) 밀초도 없고, 자작나무 태우던
그런 소박한 화촉(樺燭)도 없다.

싸락눈

12월 싸락눈 쏟아지는 날엔
불쑥 누군가를 찾아가
호호 입김 불어 손 붙들고
그냥 고맙단 얘기 거푸 하고 싶다

내 곁에 살아주어서
내 말 들어주어서
내 얼굴 보아주어서

천만에 내가 더 고맙지
무슨 소리야 내가 더 고맙지

서로 손사래 치다가
까맣게 잊었던 기억의 정情 파편 몇 조각
싸락눈 되어 싸목싸목 다가올 때
불덩이 벌건 아궁이 군불 쬐듯
붉어진 얼굴 짓는 미소가 도탑다

시간은 세월이란 하늘 열차를 탔다

쾌설快說

딱 봐도 한눈에
술이 고파 찾아온 벗이
구린 입도 떼지 못하고
우물쭈물하기에

이보시게
마침 내가 목이 컬컬한데
술 한잔 어떠신지!

*17세기 청나라 金聖嘆의 〈快說〉을 읽고서

심심상인心心相印

하였다 안 했는데
보았다 안 했는데
하고
본 듯
내게 보내는 미소

그럼 됐어요
그럼 됐어요

제2부

초매草昧

이제껏 내가 살아온 익숙한 공간이라는
누군가의 말에도
지금 눈앞이 새삼스럽다 여겼는데
과거라 말하는 때의 기억이 는개를 타고 왔다

한동안 못 봤던 아버지가 웃으며 다가와
내 어깨에 손을 얹고는 셀카를 찍는다
1995 전前에는 스마트폰이 없었는데요?
그냥 웃으신다
순간, 바닥에 떨어진 스마트폰이 산산이 부서져
풀 되고 나무 되고 돌멩이가 되었다

한강이 보이더니 63빌딩이 나타났다 사라졌다
밤도 아니고 낮도 아닌 시간들이 바람을 불러
억새를 매질하고 있다
잉잉! 잉잉! 잉잉!

진땀에 이마와 겨드랑이가 축축해졌다
느슨하게 풀린 허리띠를 졸라매도
바지춤은 살을 빼며 더 헐거워졌다

정신을 차리려다 정신 차릴 이유를 결국은 못 찾았다

태양을 몰아낼 정도의 강력한 서치라이트가 개발되었다는 뉴
스가
하늘에 걸린 스크린 속 우주복 입은 아나운서가 말했다
이어서 기상예보를 할 줄 알았는데
태양보다 더 강하다는 그 빛이 바로 튀어나와
엄청난 크기의 서치라이트를 통해 구름을 갈기갈기 찢어 놓고는
그래도 성이 안 찼는지 강을 무자비하게 갈라놓아
범람한 강물이 시청 방송국 삼성빌딩 LG빌딩을 삼키고 청계
천을 어디론가 보냈다

얼빠졌던 내 목을 적신 차가운 물에 겨우 정신이 맑아지려는데
눈을 멀게 할 정도의 강력한 그 빛이 얌전해지더니 세상이 또
바뀌었다

사방이 온통 처음 보는 것들이다
옷을 헐하게 입은 온전치 않은 사람들도 간간이 눈에 들어왔다
등이 익숙한 아버지도 누군가와 함께 가는 뒷모습을 보이다

다시 사라졌다

　　머리가 깨질 듯한 통증이 잠시 다녀갔다
　　엎어버린 화투판 화투장처럼 기억했던 이름들이 뒤죽박죽이다

　　생소한 것들에 대한 두려움으로 눈을 감아 버렸다
　　손에 스마트폰이 쥐어져 있음이 느껴졌다

　　는개가 사라지는 중일 것이다

　　아직 눈을 감고 있어 모른다

어른이 사라졌다

먹여주고 입혀주고 재워주었다
이만 하면 됐지!

열심히 살았다고 소리 지르며
내가 뭘 그리 잘못했나!
구박에 자탄하지 말라

수직에 익숙하면서도
애면글면 물려주고 싶지 않아서
수평을 용인한 결과다

내 아버지는 수직이었다

밥상머리에서도
술상머리에서도
일터에서도

아래위가 사라지고
애어른만 득실댄다

자유와 평등의 민주주의 공화국에서
어른이 사라졌다

죽서루

7번 국도를 타고
바다 보기 여행 중
한문 공부에 매진하는 벗 K에게
수년 간 흠뻑 빠져 있는 흘려 쓴 서체
미수眉叟 허목의 '第一溪亭' 현판을 보여 주려
삼척 죽서루에 올라 벌렁 함께 누워
물길 휘감아 도는 듯한
현란한 글씨에 풍덩 빠졌습니다

400년 풍파에도
봄바람은 송림을 타고 놀며
강줄기 숲 끼고 여전히 흐르지만
어즈버 태평세월은 언제 올까?
죽서루 서까래는 아는지 모르는지

*죽서루: 강원도 삼척시 죽서루길 37

빛과 그림자

어둠 속으로 사라진 그림자는
죽음을 위장한 채 잠시 사라졌습니다

시간은 세월 속의 작은 몸짓들입니다

어차피 반복될 각각의 생명은
브레이크 없는 속도를 지녔습니다

빨리 들어온 것들이 빨리 사라졌습니다

빛은 어둠을 싫어하는 것이 아니라
세상의 평등을 향한 것입니다

게으름은 단지 움직임이 더 커진 톱니바퀴입니다

피었다 지는 것들 모두는
기쁘고 슬프고 아픕니다

지금 저기 터널을 빠져나온 기차는
빛을 더하고 있습니다

꼰대 Song

너나할 것 없이
제맛에 먹고 마시며
제멋에 산다지만
그중 내가 제일로 꼴통이다

호프집 치킨 시켜 놓고
막걸리 달라 성화고
예의 갖추는 자리라도 가려면
빨간 단색 넥타이만 고집한다

어디 그거뿐이랴
칠칠치 못한 가슴속엔
아프고 쓰렸던 잿빛 기억들이
주인도 버리는 걸 잊어버린
창고 구석탱이 삭은 고무호스같이
똬리를 틀고 있다

털어낼 건 홀홀 털어버리고
지울 건 하나둘 다 지우면서
이 길 저 길 새로 난 길 다 가 보련다

"라때는…!" 해 봐야

꼰대 소리밖에 더 듣겠나

무량無量

부석사 무량수전 배흘림기둥을
살포시 손으로 쓰다듬으며
내가 산 세월을 보태봅니다

부질없는 소망인 줄 알면서도
부처 무량에 사르르 녹아 혹여
안양安養되어질까

(영주 부석사 무량수전에 기대어)

공지천에서

가을이 덜미를 움켜쥔 잔잔한 호숫가에 앉았다
나무가 뱉어낸 옅은 신음들로 나뭇잎들이 붉다

뻗어나가는 줄만 알았던 것들이 여기 와서 쉬는 중인데
물만 먹어도 배부른 물고기가 공연히 펄떡거리다가
음흉하게 서 있던 왜가리 긴 주둥이에 걸렸다
물 한 모금 못 마신 내 배도 불렀다

저만치 산 아래 자동차들이 한가롭게 지나는데
한 떼의 늙음을 모시고 소풍 나온 보호사 아줌니들은
무심한 휠체어 바퀴를 굴리고 있다

물가 가시박 넝쿨 속 새들은 분주하지만
백조를 가장한 플라스틱 놀이 배는 한가로이 떠다니고
벤치에 포갠 연인들의 긴 입맞춤은 몹시 진지하다

문득 늙은 옆구리가 몹시 허전하다

*공지천: 강원도 춘천시

바라나시

살려고 왔다
죽으려고 왔다
소 개 염소 사람이 동등하다
빨래터 가트
목욕탕 가트
화장장 가트
갠지스강은 신이다
갠지스강은 신이 아니다
난 뭘 보려고 여길 왔는가?
매캐한 연기가 어느새 사라졌다
두 끼를 걸렀더니 배가 고팠다

添:
2000년 인도 출장 스케줄 마치고 홀로 다녀온 바라나시.
가트(강가 계단)에서 벌어지는 광경들
주검을 장작에 태우고
한편에서는 죄를 씻기 위해
강에 들어 목욕을 하고 빨래를 하고
소와 개가 헤엄치고
관광객을 태운 배가 떠다니고

지상의 골목골목에는
먹고 마시고 자기 위해 소란스럽고….
여기서 무슨 시가 써지겠고
그 시가 무슨 의미가 있겠냐만
오랜 시간이 지난 지금도
지난한 삶의 한 귀퉁이에서
거기 바라나시가
문득문득 떠오르는 건 왜일까?

infobesity

홍매화 앞에서
머리가 핑 도는 건
뱃살 때문만은 아니다

개나리와 홍매화
그리고 벚꽃과의 상관관계
또 진달래와 철쭉까지
지구 온난화가 봄을 일찍 깨워
발아일과 개화일을 며칠 앞당겼다는 따위의
몰라도 지장 없는 소소한 지식을
시험공부하듯 파고들어 얻어내
꽃 앞에서 우쭐 아는 척하려니

꽃은 아무렇지도 않은데
내가 어지럽다

꽃은 그냥 꽃으로 볼 때가 최고다

뱃살은 핑계다

*infobesity: 정보(information) 비만(obesity)의 합성어로 정보 비만이라는 뜻. 정보가 과도하게 많아 넘치는 현재의 사회를 표현하는 데 쓰인다.

고기가 뭐였지?

그 나물에 그 밥을 먹는데
젓가락 두 짝이 따로 논다

간절히 고기가 먹고 싶은 투정이지만
더 배고팠던 시절을 잊은 게 분명하다

냄새나는 곳으로 코를 킁킁거리며
쓸개 빼놓고 몇 날을 낮게 기었다

드디어 걸렸다 붉은 고깃덩이가
입이 미어지게 씹고 또 씹었다

먹은 만큼 늘어나는 탐심食心이
순식간에 성욕화性慾化했다

푸짐하게 씹혀야 뭐든 맛있다
가득 채워져야 잠이 들었다

모든 걸 뽑아야 만족하게 됐다
재화도 정액과 같이

핏줄 속 기름이 너무 끼었다
편애한 식탐의 당연한 결과다

어눌해진 말투로, 이봐 어디 갔어!
떠나간 여인을 불렀다 정신없다

옛날 옛적 호랑이 담배 피우는 이야기
재밌다 정말 재밌다

춘삼월 봄동 달래 냉이 고추장 보리밥에 비벼
보리 방구 뽕뽕! 고기가 뭐였지?

그 나물에 그 밥을 먹는데
젓가락 두 짝이 같이 논다

가엾은 영감태기

조막만한 몸도 덩치라고
어깨 벌려 걷는 팔자걸음이나마 제멋에 취하고
내가 왕년에로 시작하면….
유도했다 태권도 유단자다
산에 가면 날다람쥐다
누가 알아주든 말든 간에
이 허세 달고 사는 기분도 괜찮은데
예순 훌쩍 넘어 그가 아쉬운 건 딱 하나 외롭다는 거다

의리 잉 빌리고 5년 전 빈지 소풍 떠난 마누라가 밉나
하나 있는 딸년을 작년에 여의고 나니
집에서 밥해 먹는 일도 궁상맞은 생각이 들 때가 많다

문화센터 스포츠댄스 배우러 갔다가
반년 만에 교양 만점 배 여사를 만났다
붉고 짙게 바르는 화장이 아니어서 좋고
꽉 끼는 바지 대신 치마를 입으니 보기에 여유로워 좋고
내가 좋아하는 커피를 함께 마셔서 좋고
톡 까놓고 통성명은 안 했지만
얼핏 맞춰 보니 나보다 한 살 어려 또래인 것도 좋고

무엇보다 혼자 산다니
이 홀아비 마음 과부가 어련히 알까 그게 최고로 좋았다

만난 지 석 달이 지났다
밥도 먹고 공원도 갔었고 영화도 구경하고
살아온 얘기부터 사는 얘기까지 그럭저럭 많이 나눴다
헤어질 때면 그놈의 체면이 무언지
아직 남은 힘이 뭉쳐지면서
더 큰 외로움을 외롭다 말하지 못했다

이참에 아예 합칠까
여기까지 생각이 미치자 입가에 미소가 돌았고
배 여사와 배를 맞추는 일까지 상상하니
이 나이에도 이부자리 설렘이 크다

아메리카노를 마시면서 넌지시 뜻을 전했다
쉽지 않은 일이지만 여생을 함께하는 게 어떻겠냐고
시간이 필요하면 제주도라도 가서 생각해 보는 게 어떻겠냐고
"싫다!" 소리 없이 웃으며 헤어졌는데
다음 날부터 문자 소통이 일방 끊어졌다

열흘 후 배 여사의 눈이 째진 며느리가 찾아왔다

―선생님, 순진한 우리 어머니께 그러시면 안 되지요
  혼인신고도 안 하시고 함께 사시자니요
  참 어처구니가 없네요
  품위 있어 보이시는 분이
  우리 어머니를 어찌 그리 만만히 보시는 거예요
  함께 사시고 싶으시면 정식 절차를 밟으세요

(어린아이 타이르는 어조의 그녀의 말은 계속 됐다 …중략…)

―(화도 나고 쪽도 팔리고… 하고 싶은 말이야 많았지만
  조용히 일어나 커피값 내고 그냥 나왔다)

생각해 보니 향단이에게 껄떡대다 귀싸대기 맞은 방자 꼴 났다
"쑥대머리 귀신 형용 적막옥방에 찬 자리여!"
이몽룡이도 못 된 중뿔난 방자 신세가 더 서럽다

봄비

첫날밤 치른 색시 밤새 흘린 땀
콩닥콩닥 뛰는 가슴
고운 바람이 진정시킵니다
그러고도 얼마를 하늘거리다
포르르 꽃비 되어
스르르 봄이 됩니다

영허 盈虛

1. 위안 慰安

아파하지 마시게
그럴수록 더 아프다데
슬퍼하지 마시게
그럴수록 더 슬프다네
아프다고 마냥 울다간 눈이 빠질 것이고
슬프다고 넋 놓다간 혼魂이 빠질 것이네
달도 차다가 기울고
태양도 비추다 사라지듯이
잿물 삭여 잿빛 우려내듯
조금만 기다리고 조금만 참아야지
어차피 흐르는 건
모났다가 죽어가는 것이
인생살이 아니런가

2. 동감 同感

알고 있네, 나도 알고 있다네
살다 보니 맥없이 엎어져

몇 바퀴 돌아 뒹굴다 깨지고

흐르는 핏물도 맹물인가 하였고

혼 빼고 앉았다가

잠시간의 제정신에

와락 울고 싶어지는데

말라 나오지도 않는 눈물 콧물을

배출도 못하는 서러움은

왜 이리 야속도 한지

시간은 '세월'이라는 풍류로 포장되어 잘 흐르고

인성이 수성獸性에 가까워질 즈음이면

과거의 쓰린 쇠퇴衰退는

망각의 기억 속을 유영遊泳하고

본연이 상실된 번영의 끝 모를 욕정만이 활개 칠 뿐

그리고 그러다 독하다 소리 여러 번 듣고

그 독이 온몸에 전이될 즈음

할 수 없이 도려낸 썩은 환부에는

참기 힘든 고통만이 인내를 강요할 뿐

또 그리기를 그러다가

다시 굳어 돋아난 새살에

옅은 주홍빛 살이 돋을라치면

그 밤에는 어김없이 영월盈月이 떴다

3. 심산心算

꽹과리를 잡아도
너무 미쳐 두들기기는 싫네
살랑살랑 머리나 흔들면서
달랑달랑 어깻짓이나 하다가
슬며시 두 눈을 감아 버리면
일그러진 내 입 언저리에
고대하던 미풍이 다가와
꽃내음 간질이고 콧구멍 후벼
아!, 환락일세!

添: 예전처럼 그리 자주 만나지는 못 하나, '무소식=희소식'이라고 그냥저냥 잘 지내리라 했던 K 사장의 도산 소식을 들은 건 한 두어 달 전이었다. 어제 갑자기 그가 찾아와 대낮부터 벌어진 '술판'에는 삼십수 년 전의 '나'의 사업 실패 쓰라림의 기억과 그가 타고 다녔던 벤츠의 위세 좋았던 뻔쩍거림과 그가 그리도 애지중지했던 고급 골프채들이 엉킨 채로, 허탈한 그의 검고 핏기

어린 얼굴에 마구잡이로 춤추며 어른거리고 있었다. 나의 결론은 이렇다. '영허盈虛'—참과 이지러지는 달 모양으로 지금 이지러졌더라도 다시 찰 날이 있다. 그 차고 빠지는 '순리'만 깨닫게 된다면….

1963 한강철교 밑 풍경

긴 대나무 낚싯대를 들고
이모노 공장이 있는 미나리깡 지나
사육신묘지 수도국산   뒷길 철둑길 옆을 내려가
태양에 달궈진 한강 모래사장에 진을 쳤다
누런 빤스 바람의 유신이가
꿈틀거리는 지렁이를 미끼로 꿰어
휙 낚싯줄을 던졌다
줄무늬 빤스 바람인 나는
폭격으로 뼈대만 남은 제일 가까운 철교 기둥까지
혹여 모래 파내 깊어진 바닥일까
조심조심 잔뜩 겁먹은 채로
헥헥 개구리 수영 중이다
내가 물살을 흩트려 놓아
물고기들이 다 도망갔다고
유신이가 투덜거렸다
서울역에서 용산역 거쳐
한강철교 타고 넘어오는 기차 소리가
고막이 터질 정도로 시끄러워질 무렵
우린 익숙하게 귀를 막았다
물고기들도 아이들을 우습게 알았다

땡볕에 종일 긴 대나무 낚싯대를 드리웠지만
피라미 한 마리 잡히지 않았다
샛강 숲에는 왜가리가 하얗게 앉아 있고
여의도 비행장에 비행기가 사뿐히 내려앉았다
누가 먼저랄 것도 없이
빤스를 홀렁 벗어 모래 위에 아무렇게나 던져 놓고는
고추를 하늘로 곧추세워 모래사장에 벌렁 누워 깔깔거리며
해질녘까지 작렬하는 태양 구경을 했다
서로의 어깨에 벗겨진 허물을 떼어주는 일이
그때 한강변 사는 아이들 여름 우정의 전부였다

향일암 연가

향일암 관음전 바위굴 계단 오르는데
떨어진 동백꽃 둘이 붉게 누워 있다

바람의 인연인가
누군가의 바람일까

아니다….
아니다….

비디민 비리보던 부치가
미동도 안 하던 그 부처가….
억겁의 찰나에 짝을 찾아
속세 흉내를 내는 중이다

눈 감은 스님의 목탁 소리가 빨라졌다
장삼을 훌훌 다 벗어 버렸다
프레디 머큐리처럼 최소한의 속옷 바람으로
목청 돋운 경經이 광시곡으로 변했다

Mama, just killed a man!

....

Galliaeo! 갈릴레오! Galliaeo! 갈릴레오!

이 아우성을 알 길 없는 나그네는
낭떠러지 바닷길 용케 벙글거리는 동백
그 붉은 게 그저 좋아라

상생

두 발로 걷는 사람이
우주의 시간을 한 발로 걸어찼다

땅 딛고 선 남은 한 발이
머뭇거리다가 생각을 불러왔다

생각이 부풀기 시작했다
빨갛고 파랗고 노랗고
불뚝불뚝 크고 작고
혼을 부르는 사민의 북소리도
다시 모아진 두 발이
전에 없이 흔들리기 시작했다

저만치 엎어졌던 시간이
가만가만 다가와 두 발을 감쌌다
뿌리가 있다
무형의 잔뿌리가 얼키설키 뭉쳐 있다

각각의 생각으로 꿈틀대며 뭐라 말하는
불로도 결코 태워지지 않는 것들이

미워해야 했던 건
언제나 공평했던 시간이 아니라
순간순간 성급했던 발길질이었다

아니라 해도 그건 오만이었다

두 발을 주무르고 있는 중이다

꽃상여 리무진

이발소 의자에서 순서를 기다리는데
옆자리 머리 염색 중인 영감님 문기를

—이즘 꽃상여 나가는 거 보셨어요?

순간 뭔 말씀이신가… 하다가

—아 예… 못 봤습니다

얼떨결에 나온 대답이 끝나기 무섭게

—꽃상여 리무진에 태웁디다
  우리 애들 강아지가 죽었는데

대여섯 명 있는 이발소에 가위질 소리만

썩뚝! 썩뚝! 썩뚝!

제3부

무애 無㝵

잘라내면 또 자라서
갈라지고 터지고 물집 잡혀
평생을 거치적거리던
엄지발가락 굳은살 같은
속병 든 인연 하나 떼어 버렸다

일단 가슴앓이 하나 사라져 좋다

Horror Life

딸랑거리는 동전 한 무더기가 손가락 사이로 비집고 들더니
어느 날부터인가 지폐 한 장이 배꼽을 간지럽히고 있는 낌새
를 느껴
직감적으로 배에 힘을 주어 구겨 넣고 불리기 시작했다

두 장이 되고 세 장이 되고 제법 쌓이는 느낌이 들었다

내 배보다 훨씬 더 큰 배들이
첨단의 Medical IT Tool로 배꼽에 구멍을 뚫는 것도 모자라
기슴으로 옆구리로 벤틀리 를 모이스 바이마흐 빛 내를 집어
넣고는
Stock을 탱탱 불려 꺼억꺼억 되새김질로 소화를 시키더니
빌딩 몇 채 넣어 다시 배를 채웠다

이걸 옆에서 지켜보며 너무 부러워 죽게 생긴 내 손가락과 배
꼽은
동전과 지폐를 모두 꺼내 구글에 아부하여 겨우 '마윈' 표 가
슴 절개 AI를 구해
많이도 말고 빌딩 딱 한 채만 집어넣으려 용을 쓰는데
삑 삑 삑 삑 이머전시 경고음만 들리더니 작은 불꽃 폭발로 소

진됐다

　버스에서도 지하철에서도
　자꾸 손가락을 벌리고 배꼽에 힘을 주는 버릇이 남아 있다

　동전 한 닢 코빼기 구경하기도 어렵다

노들나루 1960's

아이야
한강 철교 아래 은빛 모래밭
철길 넘으려는 기적소리 들리는
거기로 가자

아이야
빨간 난닝구 유신이가 모래성을 쌓고
고물상집 국영이가 대나무 낚시 놓는
거기로 가자

아이야
샛강엔 능수버들 화들짝 푸르르고
여의도 비행장 비행기 구름 향해 오르던
거기로 가자

아이야
양화진 강바람에 밀려온 고깃배가
마포나루 서강에서 꾸벅꾸벅 졸고 있는
거기로 가자

아이야
삼각빤스 바람에 헤엄치다가
들어와라! 목청껏 날 부르는 형이 있는
거기로 가자

아이야
'높은절이'에 아지랑이 모락거리면
숭어떼 펄쩍펄쩍 뛰어오르는 샛강
거기로 가자

아이야
수염이 긴 할아버지 두루마기 소매에서
사육신묘지 제사떡이 불쑥불쑥 나오던
거기로 가자

아이야
미군 MP와 사는 누나 둔 호태와 놀다
씨레이션 깡통을 깠다가 고기 횡재를 했던
거기로 가자

아이야
국군의 날이면 쌕쌕이가 나르고
명수대 언덕이 인파로 미어터지던
거기로 가자

아이야
맹호부대로 월남 갔다온 경남이 형이
폼 나는 야외전축 틀어 몸을 비틀던
거기로 가자

아이야
강남네 아저씨가 몸져누웠다고
칼 찬 무당이 징 북소리로 난리 굿하던
거기로 가자

아이야
에헴! 아버지 아침 헛기침이 담장 넘어
전찻길 건너 한강으로 날아가는
거기로 가자

아이야
옆방 혜순이 누나 밥그릇에 얹은
열무김치에 참기름 한 방울 뿌려지는
거기로 가자

아이야
대머리산에 지어진 판잣집 골목골목에
바글바글 아이들 떠드는 소리 그득한
거기로 가자

아이야
교회 옆 영아원에 아기 천사들
우유병 빨다 응애응애 엄마 찾는
거기로 가자

아이야
건넛집 아줌마 심부름 갔다가
3원 얻어 만홧가게로 달려갔던
거기로 가자

아이야
아베베 마라톤 종일 기다렸다가
바케스 가득 든 물 뿌려주었던
거기로 가자

아이야
19공탄 새끼줄에 꿰고 꽁치 두 마리에
봉지쌀 손에 쥔 어스름 저녁 뿌듯함이 있는
거기로 가자

아이야
언덕배기 평상 옹기종기 앉아
한강 노을에 가난한 시름 접는
거기로 가자

아이야
세상에서 제일 맛있는 짜장면집
노량진역 앞 평화각이 있는
거기로 가자

아이야
의자에 널판자를 놓고 머리 깎던
싱글벙글 대머리 이발사가 있는 노들이발관
거기로 가자

아이야
이모노 공장 있던 미나리꽝을 메꾼 공터에 장이 서고
춘향전 심청전 판소리 공연이 펼쳐지던
거기로 가자

아이야
노량진역 철둑길 장택상 서양식 별장 옆 공터
가난에 짜든 루핑집들 밥 짓는 연기 나는 곳
거기로 가자

아이야
익수네 상수네 고물상집 영마차집 솜틀집 수원쌀집
아저씨 아줌마 아이들 친근한 얼굴들이 아름거리는
거기로 가자

뜬구름

1986년 그 춥디추운 겨울
꼴난 사업하다
쫄딱 망해버린 한심한 아들놈이
같잖은 제 능력은 생각지 못하고
눈가엔 살기만 등등해서 헤매고 다닐 때

아버지 말씀

"뜬구름 잡지 마라!"

이마에 피가 마르면서
제 꼬라지 한심함을 인정했다
하늘은 쳐다볼 엄두도 못냈다

아버지 구름 되신 지 수십 년
쏜살같은 세월이 지났다
이즘 부쩍 구름이 좋아졌다

검붉어도 희어도
한결같이 흐르는 강물처럼

언제 어디서고 고개만 들면
아버지가 늙어가는 아들 품에 든다

"아버지!
가을 소백산 자락 구름이 좋네요,
이젠 저도 구름 구경 괜찮지요?"

공친 날 화가 난 사람들

낮 2시가 훨씬 넘었는데도
곤지암 곰탕집 가마솥은
불황을 비웃으며
흰 김을 펄펄 뿜어내고 있다

잰 손놀림이
대여섯 앉은 손님상에
파김치에 수저를 놓고는
구겨진 인상 앞자리부터
곰탕 흰 그릇 빅 인겼다

오비가 나서 망쳤다
술값 뒤집어썼다
파 이글 계백장군 핸디 보기….
파편이 되어 튀는 단어들이
국그릇에 비 오시듯 빠졌다
"즐기자고 공친 날 성질내면 되나!"
여유 있는 자가 밉살맞게 끼어들었다

화장실 통로에서는 곰탕 나르던 잰 손놀림이

전화기를 두 손으로 감싼 채 통화하고 있다

'오늘도 공쳤다고?'

'당신 정말 왜 그래?'

'우리 네 식구 어떻게 먹고 살라고?'

무위도無爲島

긁힌 생채기 자국을 지우기 위해
굳이 애쓸 필요는 없다

어차피 세월이 데려온 구름은
삼라만상 변화무쌍으로
지우고 만들고 부수고
떠 있다 떨어지길 반복하는데
바닷가 한가운데 있건
깊은 산속 오두막에 있건
서울 한복판 빌딩에 있건
둥둥 떠 있긴 마찬가지다

원래 아버지 땅에 있던 나는
어머니 섬에 놓인 연륙교였다

아문 상처는 바위가 되어 가고
거기엔 촉촉이 물이 고일 것이고
물살 헤치고 오롯이 떠오르는 날
뭍의 누군가는 또
연륙교를 놓을 것이다

구름의 행위는 여전하겠지만….

그러니 아파하지 마시라

봄바람

동백이 붉어도
나 보기엔
마냥 수줍게만 보입니다

아직 찬바람은
창연하게 걸린 풍경 소리를
나지막이 부르고 있습니다

갑자기 소란스러워진 길섶에
붉은머리오목눈이 한 떼가
뭉쳤다 흩어지며 털을 부빕니다

마른 잣나무에 물기 오르니
다람쥐 눈망울은 분주해지고
바람은 또 기웃하며 어정거립니다

비탈 데크 계단을 오르며
햇빛에 비친 그림자를 앞세우다
문득 당신 생각이 납니다

과거에도 있었을 나무에 기대
미래에도 있을 광경을 내려보니
그 모든 것이 하나로 겹쳐집니다

뭉게구름 한 뭉치가
잠시 해를 가리고 있지만
으레 그랬던 일처럼 무심합니다

지금 무얼 하고 계신가요
나는 그대 그리움을 만들고 있는데
바람은 또 귀를 간질입니다

희망이 절망이던 시절이 있었습니다
파도가 일렁이는 절벽 꿈을 꾸었지요
까마득한 얘기는 이미 잊혀졌습니다

아무 일도 안 하고
아무 생각도 안 하고
진종일 서서 그대만 생각하고 싶습니다

구름이 저만치 떠나가고 있습니다
웃고 있는지 울고 있는지는 모르겠습니다
하지만 다 바람 탓인 줄은 압니다

그대도 아시겠지요
우리들의 길었던 입술 호흡조차
바람의 언어였다는 사실을 말입니다

소나무도 사실 늘 푸르지는 않습니다
속내 곪아 빗겨저 때때도 떨어집니다
바람이 달래가며 사는 셈이지요

그대여
바람이 자연의 언어이듯
그 바람에 들어 살고 싶습니다

그 바람 중에
봄바람이런
봄바람이런

객기客氣

이제껏 살면서 부끄러웠던 게 한둘이 아니다.

열 살 때 한강철교 아래 모래사장에서 생조개 깨 먹다 배앓이를 했는데 급한 마음에 어린 녀석 객기로 한강 물속 들어 수영하는 척하며 여러 번에 걸쳐 실례를 했다.

중학교 때 골목 한옥집 사는 정말 예뻤던 숙이네, 숙이 책상을 들이는데 내겐 엄청 무거운데도 혼자 들겠다고 개폼을 잡다가 며칠을 허리 아파 죽는 줄 알았다.

한 열아홉쯤 먹었을 때 홍씨네 골목에서 두 명의 동네 건달들과 1:2로 맞장뜨다 나도 몇 대 때리긴 했지만 머리와 가슴을 엄청 얻어맞아 그 통증을, 누군가에 터지고 다닌다 말하는 게 쪽팔려 혼자서 끙끙 앓으며 한 보름은 죽다 살았다.

종래가 시골에서 생활비 올라왔다고 서대문 뒷골목에서 시작한 술자리에서 소주를 한 일고여덟 병씩은 마셨는데 아침에 일어나니 서대문 로터리 잎새 우거진 미루나무 아래였다. 코앞이 경찰서인데 통금 위반으로 용케 안 붙들려 갔고 종래는 책가방을 몽땅 잃어버렸다.

오은X이와 세실극장 연극을 보러 갔는데 옆자리 커플이 담배를 피웠다. 담배 연기에 은근 부아가 치밀어 그만 피우라 얼굴로 사인을 주었음에도 무시를 해서 객기부리며 나도 한 대 꼬나물었다, 오은X이가 허벅지 찔러 만류했음에도, 그러고는 오은X이와

85

헤어졌다.

능력도 안 되는 놈이 제 꼬라지를 모르고는, 잘 다니던 회사 사표를 쓰고 사업이랍시고 벌였다. 서른한 살에 쫄딱 망했음에도 데리고 있던 경리 여직원 결혼에 당시로는 큰돈인 냉장고를 사주었다, 친구고 누구고 봐줄 형편도 안 되는 깜냥이 제 분수를 몰랐던 능력 부족 장사꾼의 객기였다.

월급 많이 주는 일류회사를 다녔었지만, 사업 실패 후 호구지책으로 중소기업 입사를 해 보니 쥐꼬리만한 월급도 우스웠고 거기서 아웅다웅 승진 다투는 것도 꼴사나웠다. 다행히 별로 그들보다 길난 게 하나 없음을 깨닫자마자 객기 죽이고 미치도록 치열하게 경쟁했다.

해외 영업 초기 까맣게 잊고 살던 영어를 하자니 그것도 필기도 아닌 언어를, 1987년 88올림픽을 앞두고 다행히 서울 바닥에는 외국인이 많았다, 지하철 타면서 슬쩍 다가가 익스큐스미! 하고는 엉성한 발음을 영어랍시고 말 건네고, 출퇴근 왕복 3시간 내내 지하철에서 코리아 헤럴드를 끼고 살았다, 참고로 싱가포르에서 바이어와 미팅 중 영어를 못 알아들으니 "너 여기 왜 왔니?"란 소리를 들었다, 영어는 객기로 되는 게 아니었다.

건설사 접대로 그 비싼 룸살롱을 내 집처럼 드나들던 90년대 가오마담들 황태자 대접에 우쭐해서는 어깨에 뽕만 잔뜩 들어가서 온갖 개폼이란 개폼은 다 잡았다, 실은 수주에 중요한 Customer인 건설사들에 때론 비굴하기까지 했던 100% 乙이면서도 객기만 충만했다.

천성이 상명하복이 안 되니 상사의 지시에 건건이 자신의 의사를 꼬장꼬장 앞세워 조직에 부적응했지만 운이 좋아 나름 그 속에서도 직위를 올려가며 스무 해 가까이 버티었다.

아버지가 물려준 땅에 형제들끼리 사업이랍시고 벌였지만 남보다 못한 행태에 객기는커녕 인생이 허무해졌다.

아름다운 언어를 구사하지 못하고 순박한 척 꽃이나 자연을 들이대는 애초의 시적 DNA를 찾는 건 적어도 내겐 가식이다, 그래도 누군가에 꾸질꾸질하게 굴지 않고 제멋에 겨워 글을 쓰는 게 나답다는 판단이지만 이젠 그 잘난 객기는 열 번도 더 철들 나이라 포기하기로 했다.

다 좋고

다 이해하고

다 사랑해야 한다

노인 냄새

야트막한 산에 둘러싸이고
항시 흐르는 개울에는 물고기가 많아
철새들이 아예 텃새로 눌러앉은
환경 만족도 만점인 작은 신도시 내 아파트에서
가까운 전철역을 가려면
버스로 몇 정거장을 가야 합니다

도중에는
실버아파트 단지가 두 군데 있어서
앞자리는 가급적 사양합니다

오전 9시 조금 넘은 이른 시간임에도
걸음이 불편하고
세월의 낙서가 얼굴 깊게 새겨진 분들이
여기저기 빈자리를 채웁니다

전철역 버스정류장 내려 걷는데
옆자리에 앉았던 수다스런 40대 여인들이
내 어깨를 휙 밀치고 앞서가며
코를 틀어막는 시늉으로 하는 말이

"어휴 버스, 노인 냄새!"

순간, 쫓아가 뒤통수를 한 대 퍽! 치면서
"니들은 안 늙냐?"
한 마디 쏘아주고 싶었습니다

라훌

휴일 새벽

인천 월미산 트레킹 가는 1호선 전철

약간 까무잡잡한 피부에

검은 수염 까슬까슬한 녀석

내게 다가와 묻길 "동인천?"

그렇다고 고갤 끄떡이니

"벌써?"

내심 신통해서 "한국말 잘하네!"

겨우 한다는 말이 "일본 사람 같네?"

"아니 한국 사람, 여긴 한국이잖아"

"정말?"

"한국 사람이라니까?"

"노! 노! 일본 사람 같은데…"

말하는 게 밉상은 아니어서 명함을 보여주며

우리 말 영어 반반씩 섞어 대화하는데

내려서까지 따라오며 숲속 새 모양 조잘조잘

31세 요르단 사람

중고 자동차를 요르단에 팔고 있다

이태원에서 밤새 여자 친구와 놀다가

숙소로 돌아가는 길이라며

뜬금없이 "전화해도 되냐?" 물어

그냥 생각 없이 "Why?" 하니

"막걸리 좋아요!"

순간 자식 같은 귀여운 맛도 있고 해서

"난 네 이름도 모르는데?"

"라훌! I am 라훌!

please remember 라훌 and 막걸리"

순간 이 땅의 많은 라훌들이

아버지가 그리운 건 아닌지

짠한 마음에

전화가 오면 열 일 제치고

막걸리 한 사발 사줄 작정이다

외박증外泊證

어디 좀 함께 가려면
마누라 허락부터 구해야 한다니
일흔 나이에
사나이 대장부 호기 앞세울 일은 아니라
가만 사정 들어 이해하려 했지만
스스로 치마폭에 기어들어
자가 주술에 걸린 상태다
근육 성성할 날 얼마 남지 않았는데
뜻밖에 '외박증' 이게 해결 안 되니
나 혼자 잘난 척 강요하다가는
자칫 독재자 소리 들을까
그냥 혼자 훌쩍 떠났다 돌아와서는
아무 일 없었다는 듯이 만나
좋게 그냥 좋게 웃고 산다
서로 밥 먹여주어야 하는 경제적 카르텔도 없으니
피차 아쉬운 사이는 아닐 터
근데… 낮술 마시면서
어디 가자! 실없는 소리는 제발 그만 하길!

늘그막 횡재

사시던 아파트 한 채 남기고
작년 소풍 떠난 장모 둔 H가
이즘 얼굴빛이 환해졌다
늘그막 로또라도 맞았냐
뭐가 좋아 그리 얼굴이 폈냐
이리저리 유도 심문 끝에….
유산을 정리한 처남에게
아내 몫을 받았단다

괴테 형님!

2500년 전 철학자를 불러내어 '형!'이라 불렀던 나훈아 흉내내
봅니다

겨우(?) 200여 년 앞선 형님!

괴테 형님!

어마무시하게 칭송되는 존경스런 문학적 업적도 그러하지만

이 미물이 정작 부러운 건

괴테 형님께서

그리 좋아하시는 그 많은 여성들을 만날 때마다

작품에 깊은 감성으로 인간이 지니는 본성의 자유를 투영했
다는 게 될입니다

나폴레옹이 "당신이야말로 인간이다!" 했다는데

그렇다면 나는 인간이 아닌가? 슬쩍 부아가 나기도 해서,

아마도 번역자의 오류다 억지 꾸겨 넣기로 자위했습니다

그래도 혹자가 말한 '괴테는 행운의 별 아래 태어났다'라는 말
처럼

하나부터 열까지 부러운 건 어쩔 수 없습니다

이즘도 최고로 치는 조상 대대로 물려받은 땅 부자 귀족 아버

지와

프랑크푸르트 종신 시장의 감수성 뛰어난 딸로 태어나

훗날 아들 괴테에게 문필가의 천재성을 부여했던 어머니까지

세상 부러울 것 없는 가정에서 태어난 괴테 형님입니다

프랑크푸르트 괴테 형님 본가를 두 번이나 가보았지만

2차 대전 후 복구된 집이라 농짝 같은 옛 가구들이 부자연스

럽게 놓여 있었고 실제 작품을 구상했다는 그의 방에서 문학적

체취는 느껴지지 않았습니다

부럽고 부러운 괴테 형님이 연애하고 사랑했던 여인들은

연상 연하 따질 일 없이 그저 그때그때 사랑이라는 끌림의 무

한정한 자유가 요구하는 감성에 우선했습니다

동료의 약혼자를 좋아하다 실연으로 칩거하며 쓴, 당시 유럽

2000여 명의 자살을 몰고 온 『젊은 베르테르의 슬픔』, 어머니의

친구 크레텐베르크와 사귀며 그녀를 기억하기 위해 쓴 『아름다

운 영혼의 고백』이 그렇고 목사의 딸 프리데리케와의 열애 후 쓴

『괴츠 폰 베르리힝겐』 역시 그랬습니다

바이마르 공국의 궁정에 근무하면서 유부녀와도 깊은 사랑을

했고 이후 이태리 프랑스 등을

여행하면서도 그의 여성에 대한 만남은 쉼 없이 수많은 작품
에 반영되었습니다

다시 바이마르에 돌아와서도 조화 공장에 일하는 여직공 크리
스티아네와 열정적 사랑을 했으나

아무리 자유로운 영혼인 연애 박사 괴테 형님께서도 당시의
사회적 객관적 신분의 차이로 결혼을 미루다가

18년의 세월을 보낸 후에야 결혼을 했고 이때 쓰인 작품이 고
전주의적 에로티시즘 가득한

『로마 비』입니다

72세 지금의 90세가 넘었다 할 나이에 이르러서도

17세 소녀 울리이케와 함께 지내며 청혼까지 했으며 이때

사랑과 고뇌로 탄생한 작품이 『마리엔바트의 비가』입니다

괴테 형님 작품을 집중적으로 30여 일 겨우 몇 편을 읽은 걸
로 뭘 안다고

이런 잡문을 용감하게 쓰고 있는지는 나 자신도 솔직히 모르
겠습니다만

그래도 젊은 시절 읽다 중단했던 몇 권의 책들을 다시 읽는
기쁨이 큽니다

1806년에 발표된『파우스트』역시 그랬습니다

연극을 보고 평자들의 글을 찾아 읽으며 비록 인간은 불완전
한 존재이지만 남을 위해 살면서

삶의 진정한 가치를 찾을 때 비로소 구원을 받을 수 있다는
종교적 의미를 늘그막에

어렴풋한 깨달음 또한 얻었습니다

그러다가 혼자 씨익 웃고 맙니다

평생 한 여자 모시고(?) 사는 일도

늘그막 3류 시인 흉내 내는 일도 버거운 사람이

괴테는 무신? 하다가

괴테 형님!

안 그래요? 하고

넌지시 불러봅니다

댄디즘Dandyism

허세였더라도 좋다

무늬진 타이는 질색을 하고
단색만을 고집하니
쑥색 군청색 붉은색 검은색
이 4색만으로
로렌조 카나 실크 넥타이를 번갈아 맸다

가급적이면 제일모직 수트를 입고
내 이니셜이 영문으로 새겨진 흰 와이셔츠에
닥스 넥타이핀, 듀퐁 커프스링을 했다

한때 그랬었다는 얘기다

막걸리를 마시고 지하철 버스를 타고 다니는 이즘은
고약한 냄새 풍기는 '꼰대' 소리 듣기 싫어
자리가 나도 그냥 출입문 근처에 입 다물고 서서 간다

또래들의 울긋불긋 빨갛고 파란 무질서로 몰려다니는 패션도
싫고

목소리 큰 무례도 부끄럽다

시詩 초청 가서 받은 불가리를 아낌없이 팍팍 뿌리고 다니는 중이고
우디 시프레나 향 짙은 지방시도 대기 중이다

허세라 해도 좋다
등산복이 평상복이 된 나이듦은 싫다

올가을 낙엽 질 때는 싱글 체스터필드 코트에 검정 페도라를 쓰고 걷고 싶다
멋쟁이 벗 정주가 자주 쓰는 헌팅캡을 쓰고 싶지만
평 퍼진 얼굴 탓에 페도라도 감지덕지다

요만한 허세로도 가을을 기다리는 여름이 행복해졌다, 소확행!

옛날 옛적 여의도에서 엎드려뻗쳐!

때는 수양버들이 강가에 늘어졌던 1960대 초

지금의 노량진 수산시장 자리 장택상 별장과 여의도 비행장 사이에는 샛강이 흘렀지

그 샛강에 땡볕 내리쬐는 날에는 어린 초등학생들도 군데군데 마른 땅 찾아 요리조리 발목이 물에 살짝 빠지면서 건너다닐 정도였지

국영이 유신이하고 또 누구였던가 이름이 가물가물한 애들 너댓이 지금의 63빌딩 근처 땅콩 서리를 위해 샛강을 건넜지

근데 말이야… 땅콩밭에 가기도 전에 경비 서던 공군 헌병에게 빌끄뵀어, 지구하인 자에 상난삼블이 스스로 찾아왔으니 얼마나 즐거웠겠어

일단 우리는 그의 명령에 따라 엎드려뻗쳤지

주소와 '부모님 뭐 하시나?'로 호구 조사를 당했지만 실제 핵심은 어느 녀석이 예쁜 누나가 있느냐였어

순진한 국영이와 유신이는 누나가 없다 했지만

잽싸게 있다고 말한 나는 순식간에 엎드려뻗쳐에서 "무릎 꿇어!"로 신분 상승했지

어디 그것뿐인가, 군용 건빵에 빨간 별사탕 몇 개가 내 입에만 들어갔었지

옛날 옛적 여의도에서 그랬다는 얘기야

졸업 50주년 칠순 기념

서울 시내 남자 고교 동창들이
전세 버스로 1박 2일 여수를 다녀왔다
이구동성 가장 좋았던 일을 말하는데
거치는 휴게소마다 들려
오줌 쫄리지(?) 않아서!

제4부

시작詩雀

무리지어 째짹째짹 다녀야
직성이 풀릴 것 같은 참새들 중에도
유독 풀숲 이만치 혼자 떨어져
작은 부리로 땅에 낙서하는 꼴이
꼭 시 쓸네! 하고 다니는
꼭 나 같다

문패

1964년 노량진역 앞
야트막한 산등성이 우리 동네

열심히 미장일 다니시던 경배 아버지가
고만고만한 집들이 올망졸망 붙어 있는 골목 어귀에
코딱지만 한 방 두 칸에 쪽마루 겸 부엌 붙은
무허가 집 한 채를 사서
한문으로 쓰인 나무 문패를
녹슨 철대문에 걸고는
고사떡에 돼지머리 삶아
아랫집 윗집 옆집 다 불러
"진천 촌놈이 서울 하늘 아래
내 이름 석 자 문패 걸었으니 이제 부러울 게 없씨유!"
세상 다 얻은 표정으로 기뻐하였다

강산이 여섯 번 바뀐 21세기
일흔에 변두리 후진 아파트 사는 나는
이름 석 자 문패도 못 걸고 사는 신세다

말 잘 섞고 인사 잘해 알고 지내는

한 쉰은 넘었을 우리 아파트 남성 청소원은
아침이면 환한 웃음으로 말을 건네는데
볼 때마다 "사장님!"이라고 불러
큰맘 먹고 "나 사장 아닌데요" 했더니
"2403호 어르신!"
꼰대 냄새 나는 어르신은 더 싫은데….
수형(囚刑)번호 부르듯 2403호에 어르신은 무신?
문패 달고 살 팔자도 아니니
가슴에 '박산' 이름표라도 달까

얼레리꼴레리!

정신이 왔다갔다하는 김 영감이
제정신일 듯 할 때는
어디 어디 동네 지번까지 들먹이며
거기 내 건물 월세가 얼마인데 하며
돈 자랑 흰소리로 유세를 하는데
그러다가도 어찌 된 영문인지
보호사 아주머니 가슴을 움켜쥐고는
호주머니 휴지를 꺼내 팁이라고 건넨다

아침이면 붉은 칠로 입술을 단장하고
살랑살랑 엉덩이 흔들며 마당 거니는
눈웃음이 몸에 밴 공 여사는
영감님들이 침 흘려 선망하는 1순위인데
언제 어디서 어찌어찌 밀당을 했었는지
풍체 좋은 김 영감과 눈이 맞았다

복도 마당 할 것 없이
시도 때도 없이 이들이 벌이는
목불인견의 애정행각에
여기저기서 질투 섞인 얼레리꼴레리!

말 많은 노친네들 탈도 많아지고
미풍양속에 저촉됨을 묵과할 수 없는
실버전문가 양로원 원장은
직원들과 숙고에 숙고를 거듭한 끝에
날 잡아 방 하나 비워 합방을 허락했다

찰떡에 촛불 켠 축복 속의 합방 다음 날
아침 식당에서 사달이 났다

눈웃음기 사라진 싸한 얼굴의 공 여사는
김 영감 코앞에 얼굴 바짝 디밀고는
뺑덕어멈 심봉사 비웃음으로

에이고 비ㅇ시니! 에이고 비ㅇ시니!

양로원 원장의 시름이 또 깊어졌다

허무의 그림자

스무 해 넘겨 무위無爲를 지향했더니
허무의 그림자 더께가 끼어들어
사는 게 지루해졌습니다

변화가 절실했습니다

자주 안 먹던
두툼한 패티가 든 햄버거를 아구아구 썹어도 보고
장안에서 소문난 화덕 피자에 맥주를 마셔도
생의 혁명을 시도했던 열정을 기억하지 못합니다

다 비웠다 더 이상은 없다

그럼에도 무언가 자꾸 채워지는 낯선 느낌입니다

작은 서재에는 책들이 쌓였습니다
책갈피 여기저기에 시詩들이 숨어 있고
이야기가 길어 읽기 어려워진 소설들도 신음 중이고
수필은 기척도 없습니다
저만치 괴테가 먼지를 뒤집어쓰고 있고

소월은 낡아 헤질 지경입니다
천상병은 여전히 가난합니다

어딘가로 훌쩍 떠나고 싶은 마음이 간절합니다

갑자기 매운 게 당깁니다
무교동 낙지볶음을 먹을까
청진동 선지해장국에 다진 청양고추를 듬뿍 뿌려 먹을까

혀끝이 아린 마라샹궈를 먹습니다
돼지고기 한 점 새우 하나에 고수 얹어 씹으며
50도가 넘는 빼갈을 마셨습니다
정수리에서 이마를 거쳐 목덜미까지 땀을 뻘뻘 흘렸습니다

입안이 평안해지는 동안은 잠시 잊히고 단순해졌습니다

익숙한 여인의 품 같은 문예지를
습관적으로 가만히 집어 듭니다
겉장을 펼치고 한 장 또 한 장을 넘기는데
문장 하나 하나가 옷 벗는 소리를 냅니다

가슴을 파고드는 시 한 줄에 말을 건넵니다
자 이제 편히 누우세요
손도 잡지 말고 입맞춤도 말고
천장을 응시하며
아무것도 하지 마세요
가만 있어도 우린
달콤한 초콜릿이고
잘 녹는 아이스크림입니다
포스티잇을 붙이고 갈피를 닫습니다

허무의 그림자는 사라졌습니다
솜털 같은 시간이 흐르는 중입니다
다행입니다
반복을 두려워하지 않습니다

키오스크

처음에는 당황스럽고
자존심도 많이 상했었는데
이젠 나름 친해졌다
햄버거 가게 앞줄 예순 남짓 사내가
추가 주문 '+'에 헤매고 있어
슬쩍 끼어들어 톡톡 도왔다
고맙습니다! 한 마디에
어깨가 으쓱해졌다

곡哭, 아이고! 아이고!

1960년대 열 살 무렵

상갓집 가시는 조부는
곰방대 털어 놋재떨이에 반듯하게 올려놓고
거울 앞에 앉아 긴 수염을 가위로 다듬고는
두루마기 곱게 펴 제대로 차려입고
"입성 잘 차려입어라!
강대골(양녕대군 묘지 동네 상도동)
김씨댁 문상 가야 하니"

사자짚신에 조등이 걸린 대문 들어
문상객 접대 술상들로 시끌시끌한 마당을 지나
대청마루 올라 굴건제복의 상주가 지키는
상청에 향 올리고 절하는 조부는
아이고! 아이고! 상주 따라 곡을 하고
나 역시 아이고! 아이고! 합창을 했다

술 한 방울도 입에 안 대는 조부는
떡에 돼지고기 몇 점으로 문상객들과 담소한 후
내 손을 잡고 귀가하면서

구성지게 곡을 따라 하는 손자가 신통해서인지
"잘했다, 문상할 때는 꼭 그렇게 곡을 해야 하느니라"

반세기 훌쩍 넘은 세월에 치른 어머니 장례에는
정작 아이고! 아이고! 곡을 잊고는
꺼어이 꺼어이……
목구멍 복받쳐 오르는 제 설움만 토했다

바보가 마시는 술맛이 혀에 더 붙는다

온더락 위스키 한 모금에
얼음 두 덩이 혀로 굴리며
켄트 한 개비 꼬나물고는
입술 붉고 가슴골 깊은
금발 여인을 음흉스레 훑으면서
과장된 제스처로 뱉어냈던
이국의 어설픈 언어들에 엉킨 신음과
흥분을 애써 감춘 스릴
위스키 오르가슴
세월이 가르쳐준 느림의 미학은
뇌가 쉬엄쉬엄 회전하여 바보를 만들더니
옛적 얘기를 다 잊게 했다
여인을 잊은 지는 오래지만
간원하여 마실 술도 딱히 없다
이실직고하자면
없다 없다 하다가도
간혹 아주 간혹은
술맛 당기는 바보 스스로가
잔을 쾰쾰 채우거나
주법을 아직 기억하는 바보의 벗이

졸졸 잔을 채워 주거나….
톡톡 쏘는 변모한 막걸리를
벌컥벌컥 들이켜면서
파전에 빈대떡 같은
과거를 안주 삼아 우적우적
현재의 생명이 몸짓 중이다
넥타이 풀고 양복 벗은 지 오랜 바보는
쌀로 빚는 막걸리 공정도
스마트팜 모듈 IT 시스템인 줄은
꿈에도 모른다
위스키와 켄트의 행방을 모르듯이….
그래야
바보가 마시는 술맛이 혀에 더 붙는다

입의 똘레랑스

비프 브르기뇽, 빠에야, 동파육, 똠양꿍, 파스타, 피자, 마라샹
궈…… 세계화된 Korea의 입들은
　집 앞에만 나가도 만날 수 있는 식당들로 무한 확장 중임에도,
　유독 고집 센 내셔널리스트들은 "우리 것은 좋은 것이여!"를
무한정 외치는 것도 부족해서
　일방 '묵은' 자字를 덧댄 된장 고추장 김치에 각종 젓갈까지 지
상 최고라 우기며
　세상의 상호 교류에 끼어든 일방적 아집으로 불화 중이다

　"우리 것도 좋지만 남의 것도 좋은 것이여!"

머리카락을 잘라 수출하고 열사의 나라에 수로와 공장 짓는
일에 죽을 둥 살 둥 막노동으로 벌어들인 달러를
　여느 후진국처럼 흥청망청 쓰지 않고, 연구하고 만들어 파는
데 집중하여
　반도체 조선 가전제품 세계 1위를 이뤘고, 한발 더 나아가 세
계인들은 'Made in Korea'를 선호하며,
　싸이, BTS, BLACK PINK 등 K-Pop에 환호하고 기생충, 미나
리, 오징어 게임 등 K-Culture를 이해하고
　불고기, 비빔밥, 삼겹살, K-치킨, 떡볶이를 먹으며 K-Food를 먹

는다

나를 인정하고 좋아해 줄 때는
나도 그에게 겸허히 감사할 줄 알아야 한다
나라 간에 밥 먹는 입의 똘레랑스 또한 그렇다

고백, 굿바이 조르바!

나는 자유주의자다

이기적 논리도 강하다
세상 누가 가장 부러운가? 묻는다면
소설 속 '그리스인 조르바'다

먹고 싶으면 먹고
마시고 싶으면 마시고
섹스하고프면 하고
춤추고프면 추고

아주 오래전에
빡빡한 일정의 아테네 출장 중에도
작은 줄만 알았던 실제로는 큰 섬 크레타섬을 갔다

오로지 니코스 카잔차키스의
나무 십자가 비문 앞에 서고 싶었다

물어물어 언덕을 올라 무덤 앞에 섰다

―나는 아무것도 바라지 않는다.

　나는 아무것도 두려워하지 않는다.

　나는 자유다.

Δεν ελπίζω τίποτα.Δε φοβούμαι τίποτα.Είμαι λέφτερος

화자인 지식인 '나'와 비교적 비슷한 성향인 내가

실질 주인공 '조르바'를 닮고 싶어 흠모하여

드디어 당도한 바닷가 전망 좋은 무덤에서

주문도 기도도 아닌 고백을 했다

―당신보다는 덜 생각하며 살았고

　니체도 잘 모르니 덜 고뇌했지만

　운 좋게도

　전쟁 중이 아닌 휴전하자마자 태어났고

　직설적인 의사 표현으로 인한

　상명하복의 조직 생활 부적합자임에도

　나를 기꺼이 인정해 주는 선후배를 만나

　운 좋게도

　크고 작은 회사 거쳐 19년 월급쟁이 노릇도 했고

　변변찮고 시시껍절한 장사꾼 흉내내는 중에도

이리… 생명 유지하여

아직도 자유를 갈망 중입니다

당신이 조르바를 불러 대리 자유를 누렸듯이

나 또한 어쭙잖은 시詩를 불러 자유를 만끽하렵니다

아, 참 니코스 카잔차키스 선생!

한 가지 제가 조르바를 닮았다 고백할 건

자유를 자율로 앞세운

제 고집불통으로 만만찮은 똥고집이 그렇습니다

굿바이 조르바!

서울에도 세렝게티의 치타가 있다

붐비는 지하철에 서서 가는 중에
문득 떠오른 시상詩想이 있어
스마트폰에 손가락 두드려 쓰고 있는데
바로 앞자리
역시 스마트폰에 코 박고 있던 젊은이가
가방 챙겨 분주히 내리려 일어나길래
무심코 빈자리에 앉으려는 찰나에
어디선가 갑자기 들이닥친
얼핏 예순은 안 넘었을 외모에
절대 빠르지 않을 듯한 넙대대한 아줌마가
세렝게티 초원의 치타가 톰슨가젤을 잡듯이
잽싸고 저돌적인 몸집으로
날 툭 밀치고는 냅다 엉덩이를 디밀었다
앉고 못 앉고는 그리 억울할 일은 아니지만
얼떨결에 졸지에 밀쳐진 나는
시끈한 허리 한 쪽을 연신 주무르고 있는데도
전혀 모르는 척
스마트폰 속 트로트 동영상에 빠져 있다

SAMSUNG

비엔나에서 헬싱키 가는 아침 비행기
옆자리 서류 가방에 넥타이 차림 청년과
미소로 눈인사를 나눴습니다

30년 세일즈맨 생활을 했던 저는
한눈에 척 세일즈맨임을 짐작했습니다

부산하게 스마트폰과 노트북을 켜더니
스마트폰에 있는 자료를
노트북에 자판을 두드려 입력 중입니다
얼핏 노트북 화면에 보이는 게
'Account Holder Account'
거래처 매출장입니다

노트북을 닫아 가방에 넣더니
이번에는 얇은 태블릿PC를 꺼내
또 무언가의 문서 작업을 계속합니다
Quotation, Price….
저와도 친숙했던 단어들이 보입니다

열심히 일하는 세일즈맨을 보는 일도
세일즈맨 출신으로서 즐거운 일이었지만
이 친구가 사용하는 모든 기기가
SAMSUNG 제품이라는 게
한국인으로서 흐뭇했습니다

한마디의 말도 건네지는 않았지만
마음속으로는 Thank you! 했지요

사실 SAMSUNG과 저는
아무런 연관이 없는데도 말입니다

아내와 나 사이

—이생진 시의 아류(亞流)

사이가 좋습니까?

(묵묵부답)

사이가 나쁩니까?

(묵묵부답)

(묵묵부답을 깨고)

뭐 누구들처럼
죽자사자 붙어 꿀 떨어지는 사이는 아닙니다
솔직히 이즘은 데면데면할 때가 많습니다

마흔 해를 훨씬 넘겨 살고 있습니다

간섭이나 잔소리를 사랑이라 착각할 때는 절대 아니지요
아버지 닮아 아사바사 DNA는 애초에 없었습니다

나이 듦에 나의 자유가 중요하니 아내의 자유도 중요합니다

가장 오래 잠을 같이 자고 가장 오래 밥을 함께 먹은 친구 사이입니다

　나하고 스타일이 다른, 아직도 꿀 떨어지게 금슬 좋은 벗이
　SNS를 자유롭게 헤엄쳐 다니는 문장을 보내왔습니다

　—배우자의 사소한 실수를 너무 나무라지 맙시다
　　아무렴 댁과 결혼한 실수에 비하겠습니까
　지금 아내와 나 사이는 나쁘지도 좋지도 않습니다

　아내와 나 사이—이생진(1929~)

　아내는 76이고
　나는 80입니다

　지금은 아침저녁으로 어깨를 나란히 하고
　걸어가지만 속으로 다투기도 많이 다툰 사이입니다

　요즘은 망각을 경쟁하듯 합니다

나는 창문을 열러 갔다가
창문 앞에 우두커니 서 있고
아내는 냉장고 문을 열고서 우두커니 서 있습니다

누구 기억이 일찍 돌아오나 기다리는 것입니다

그러나 기억은 서서히 우리 둘을 떠나고
마지막에는 내가 그의 남편인 줄 모르고
그가 내 아내인 줄 모르는 날도 올 것입니다

서로 모르는 사이가
서로 알아가며 살다가
다시 모르는 사이로 돌아가는 세월
그것을 무어라고 하겠습니까

인생?

철학?

종교?

우린 너무 먼 데서 살았습니다.
지금 아내와 나 사이는 나쁘지도 좋지도 않습니다

목포는 예쁘다

'목포는 항구다'
유달산 이난영 노래 들으며
길섶에 핀 연분홍 봄 동백만 보아도
목포는 예쁘다

말 많고 탈도 많은 구도심
언덕배기 오밀조밀 골목길
낡고 굽어진 고샅에서
흑백영화 속을 걷는다
목포는 예쁘다

민어회에 생막걸리 취기로
밤바다 영산강하굿둑 데크에 앉았는데
저만치 갓바위 푸른 빛 서리고
하늘에는 별이 총총하다

건너 조선소 크레인 불빛은 깜빡이는데
저만치 고깃배들은 숨죽인 듯 떠 있다
목포는 예쁘다

여수가 하늘 높은 줄 모르게 붕붕 뜨고
순천을 찾는 사람 많아졌다니
목포 사람들이
부럽고 배가 살살 아프단다

그럴 거 없다
부러우면 지는 거다

굳이 큰 꿈 꿀 필요 없다
헌 집 고쳐 새집 만들고
없는 길 내지 말고
있는 길 갈고 닦아
예쁜 목포 꾸미면 된다
원래 목포는 예뻤으니까

목포는 예쁘다

*목포는 미항(昧港)이다: 맛난 거 하나만 잘해도 예쁘다

옥길동 소쩍새

꼬물대며 시작했던 변두리 작은 신도시가
하나둘 몸집 불려 아파트에 사람이 차고
퀸즈파크 스타필드가 꿈틀대며 커진 사이
그 밤에도 옥길동 소쩍새는 울었다

5년 기한 입주권이 주어진 임대아파트에서
열심히 돈 모아 내 집 마련 소망했었는데
2억대 분양가에서 오른 시세 6억을 내라니 놀란 가슴
그 밤에도 옥길동 소쩍새는 울었다

떡집 세탁소 커피숍 마라탕집 초밥집 빵집
온갖 프랜차이즈 점포가 자리 잡아 장사하고
몇 동의 지식산업센터가 지어져 상가들이 붐비는
그 밤에도 옥길동 소쩍새는 울었다

동네를 삥 두른 야트막한 산 한낮에는
아파트 경비원 임무 교대하듯 뻐꾸기도 울지만
낮일에도 바빠 못 듣는 무심한 옥길동 사람들
그 밤에도 옥길동 소쩍새는 울었다

•부천시 옥길동: 도로 하나 사이로 구로구 광명시 시흥시에 걸쳐 있는 작은 신도시. 서울특별시 부천구다.

사유思惟의 끝에는

나뭇잎 떨어지고 단풍 진들
북풍한설 몰아친들
내 알 바 없으니 그게 무슨 상관이랴

이해 잔뜩 걸린 세파에만 중독되어
세상 탓하며 산 게 바로 어제였는데

흰 수염 검버섯이 안면 주름을 파고드는 오늘
이제서야 내 인생에 핑계 없음으로
풍치전체風馳電掣의 세월을 깨닫고
습관되어 올려보는 허허로운 하늘에는
콩 볶듯 쫓기던 내 삶의 편린들을
뭉게뭉게 구름으로 꺼내어 아는 척이지만

정작 나는….
짐짓 시치미 뚝 떼는 딴청으로
새순 나고 꽃 필 제 또 몇 번일까
천지조화를 헤아리고 또 헤아리다

결국은

우주의 티끌 됨에 얼굴 붉힌 헛기침으로
오늘은 누굴 만나 막걸리를 마실까
이 생각이 들자 맘이 좀 놓인다

나이 든 벗의 노래

이 사람아 이 사람아
그게 아닐쎄 그게 아닐쎄
기억력이 깜빡깜빡 하다 보니
약속을 잊었네
집사람이 입원하는 바람에
자식 혼사에 못 갔네
그만한 일로 삐치지 마시게
어제 문자도 씹고 그게 뭔가
비 맞고 눈 맞고 여기까지 왔는데
살날 얼마나 남았다고
꽃 피고 새 우는 날 있잖은가
날 잡아 한잔하세! 한잔하세!
목구멍 넘기면 다 물 되는 술을
어차피 이 한 세상
뜬구름 잡으려다 우두망찰!
헛물켜고 가는 인생 아닌가

해설

박산 시집 『가엾은 영감태기』 함께 감상하기

영담 박호남(문학박사, 한국공연예술원 원장)

『인사동 시낭송 모꼬지 진흙모』〈인사도(仁寺島)〉 모꼬지를 주도하시는 박산 시인의 시집을 받고, 아직 문인으로 이름을 내지 못한 내가 어떻게 시를 읽고 글을 써야 할지 걱정이 앞섰다. 그런데 시집을 읽으며 시인과 친근감과 공통점을 많이 발견하게 되었다.

먼저 시인이 성장하고 자란 지역이 '노량진'이라 어린 시절 그 지역에 대한 묘사가 아주 실감나게 다가왔다. 나도 대방동에 있는 '강남중학교'를 다녔기에 노량진 철교와 여의도 비행장은 비교적 자주 가던 곳이다.

둘째, 시업을 하다 실패를 한 쓰라린 경험과 이를 승화한 시를 쓰면서 도가와 선가의 풍모를 나타내는 모습이다. 나 역시 직장생활을 하면서 분노에 휩싸여 상사와 다투다 그만두고 백수로 지내기도 하며 아슬아슬하게 직장생활을 이어나갔었다. 이 때문에 도교와 불교 참선, 요가 등에 빠져 지내던 시간이 길었다.

셋째, 회암사지에 관한 시에서 보이듯 불교적인 깨달음을 추구하는 박산 시인의 진지한 구도의 정신이다. 나도 직장을 그만두고 한국학을 전공하면서 동양철학에 심취하였고 불교 윤리학으로 석박사 논문을 썼다.

넷째, 박산 시인은 비즈니스로 세계를 오가며 많은 풍물을 보고 경험하여 이를 시에 투영하고 있다. 나도 유학과 재외동포 업무를 오랫동안 맡아 해외 주재도 하고 동남아와 인도에 대한 많은 풍물을 접하고 이를 글로 풀어내려 하고 있다.

다섯째, 박산 시인은 현실의 실존 문제를 전면에 내세우면서도 실존을 넘어선 청빈한 이상 추구를 목표로 하고 있다. 여기에는 필연적으로 갈등이 생겨나기 마련인데 이러한 갈등을 고전 문학의 심오한 철학으로 해소하고 있다. 나도 고전 문학을 좋아하여 한문 고전을 많이 읽었으나 안타깝게도 이를 자신의 문제를 해소하는 경지에는 이르지 못하고 있다.

이러한 이유로 박산 시인의 글을 읽으며 오래된 미래와 같은 친근함을 느끼게 되어 시인의 양해를 구하고 이러한 다섯 가지 측면에서 일종의 감상문을 적기로 하였다.

1. 추억의 소환

아이야
한강 철교 아래 은빛 모래밭
철길 넘으려는 기적소리 들리는

거기로 가자

아이야
빨간 난닝구 유신이가 모래성을 쌓고
고물상집 국영이가 대나무 낚시 놓는
거기로 가자

아이야
샛강엔 능수버들 화들짝 푸르르고
여의도 비행장 비행기 구름 향해 오르던
거기로 가자

(······)

아이야
수염이 긴 할아버지 두루마기 소매에서
사육신묘지 제사떡이 불쑥불쑥 나오던
거기로 가자

아이야
미군 MP와 사는 누나 둔 호태와 놀다
씨레이션 깡통을 깠다가 고기 횡재를 했던
거기로 가자

(……)

—〈노들나루 1960's〉 중에서

나도 중학교 친구들과 함께 놀러다니던 그때의 한강철교와 수영을 하던 한강이며, 당시의 가난하던 생활, 서예를 잘해서 서울시에서 특상을 받은 중학교 친구의 집에 가서 쌍둥이 누나들과 화투를 치던 기억, 대방동 골목길을 가다가 던신 돌에 머리를 맞고 쓰러져 의식을 잃고 남의 집에 누워 있던 기억 등을 저절로 소환하게 된다. 이 시를 통하여 내가 중학교 다닐 때의 기억을 불러일으키게 된 것이다. 당시의 모습을 이제는 전혀 찾을 수 없기에 이 시는 역사적인 기록이 될 것이다.

2. 인생의 교훈

(……)

건설사 접대로 그 비싼 룸살롱을 내 집처럼 드나들던 90년대 가오마담들 황태자 대접에 우쭐해서는 어깨에 뽕만 잔뜩 들어가서 온갖 개폼이란 개폼은 다 잡았다, 실은 수주에 중요한 Customer인 건설사들에 때론 비굴하기까지 했던 100% 乙이면서도 객기만 충만했다.

천성이 상명하복이 안 되니 상사의 지시에 건건이 자신의 의사를 꼬장꼬장 앞세워 조직에 부적응했지만 운이 좋아 나름 그 속에서도 직위를 올려가며 스무 해 가까이 버티었다.

아버지가 물려준 땅에 형제들끼리 사업이랍시고 벌였지만 남보다 못한 행태에 객기는커녕 인생이 허무해졌다.

(……)

—〈객기〉 중에서

"천성이 상명하복이 안 되니 상사의 지시에 건건이 자신의 의사를 꼬장꼬장 앞세워 조직에 부적응했지만 운이 좋아 나름 그 속에서도 직위를 올려가며 스무 해 가까이 버티었다."

나도 객기를 부리며 윗사람과 된통 싸우고 직장을 그만둘 지경에 이르렀다. 당시 높은 권력층에 있던 사람이었는데 10년 후 어디 기관장으로 가 있었다. 우연히 그곳에 들렀다 만나게 되었는데 모습이 말이 아니었다, 내가 아주 겸손하게 악수를 청하며 그제야 반갑다 인사를 나누었던 적이 있다. 얘기를 들으니 암으로 고생하고 있다 한다. 나와 다툰 일로 충격을 받아 그리되었나 싶어서 너무 미안했다. 사바세계는 참는 세상이라 했는데 이를 어겼다가 상처만 무수히 남겼다. 참 미안한 일이었고 이제까지 살아 있는 것이 고마울 뿐이다.

3. 회암사와 구도 정신

맥이 빠지고
의욕이 사라진 날엔
양주 회암사에 가보세요

화재로 사라졌던 절이지만
돌덩이 하나하나
조각조각 부서진 기왓장
우뚝 선 당간지주
여기저기 깔린 주춧돌들
깜짝 놀라게 큰 궁궐 같은 256칸 절터
발로 밟으며 손으로 만지며
여기저기 퍼즐을 맞추다보면
쓰렸던 과거도 끼어들고
기뻤던 순간들도 튀어나오는
회암사라 타임머신의 창가에는
천보산 산안개 자욱이 내려와
부도에 새겨진 모습 그대로
아름답게 휘감다 천상으로 오르지만
구름 떠난 자리에 선 나는
새삼 이승이 좋아졌고
누군가가 미치도록 그리워져
번잡하고 이기적인 도시로
다시 가고 싶어졌지요
회암사에 가보세요

　　　　　　　　　　　　—〈회암사에 가보세요〉 전문

　회암사는 고려의 사찰이며 한국의 선맥을 잇는 삼대화상인
지공, 나옹, 무학 대사를 모신 절이다. 조선시대 임진왜란이 일

어나기 전에 노쇠하고 병이 든 문정황후가 서거하자 유학자들이 몰려와 절을 파괴하고 불 질러 없어졌다. 1998년 1차 발굴을 시작으로 현재까지 발굴 작업을 하고 있다. 인도의 나란다 대학에서 공부한 지공 화상이 나란다 대학을 본떠 세우고 전법을 한 절이라 현재 발굴된 절의 모습을 보면 인도의 양식을 본받은 거대한 석조물들이 많다.

박산 시인은 이 절의 석조물과 천보산의 안개를 보며 이승을 그리워한다. 육안이 아닌 지혜안과 법안을 갖춘 구도자로서 이승을 그리워하니 이는 필시 도인의 일이겠다.

4. 세계 속의 서정

괴테 형님께서
그리 좋아하시는 그 많은 여성들을 만날 때마다
작품에 깊은 감성으로 인간이 지니는 본성의 자유를 투영했다는 사실입니다
―〈괴테 형님!〉 중에서

비프 브르기뇽, 빠에야, 동파육, 양꿍, 파스타, 피자, 마라샹궈…… 세계화된 Korea의 입들은
―〈입의 똘레랑스〉 중에서

아주 오래전에

빡빡한 일정의 아테네 출장 중에도
작은 줄만 알았던 실제로는 큰 섬 크레타섬을 갔다

오로지 니코스 카잔차키스의
나무 십자가 비문 앞에 서고 싶었다

물어물어 언덕을 올라 무덤 앞에 섰다

―나는 아무것도 바라지 않는다.
　나는 아무것도 두려워하지 않는다.
　나는 자유다.

Δεν ελπίζω τίποτα.Δε φοβούμαι τίποτα.Είμαι λέφτερος

―〈고백〉 중에서

　여성에서 구원을 찾은 괴테―파우스트에서 '여성적인 것이
우리를 천상으로 인도한다'며 종지부를 찍은 괴테, 창작을 하
려면 여성이 되어야 한다고 했던가. 프랑스의 똘레랑스(남의
문화와 관습을 열린 마음으로 받아들이고 지구촌 한 가족이
되는 동화 정책, 그리스인 조르바) 자유와 개인 중심의 화신으
로서 구속됨이 없는 자유로운 인생을 살았다.
　이처럼 다양한 문화를 경험하고 접하면서 바쁜 시간을 쪼
개어 문학의 산실을 찾아보는 정성, 술독이 비었어도 향기가
남아 있듯이 문호는 떠나고 없어도 인연 있는 자리에서 좋은
시가 저절로 생성되지 않을까 한다.

5. 현실과 고전적 삶

딱 봐도 한눈에
술이 고파 찾아 온 벗이
구린 입도 떼지 못하고
우물쭈물하기에

이보시게
마침 내가 목이 컬컬한데
술 한잔 어떠신지!

—〈쾌설(快說)〉 전문

　이상은 높으나 현실은 남루하고 쓰라리다. 조직 사회에서 개
인은 하나의 부속품이며 이러한 현상은 과학이 발달할수록 더
욱 심해지고 있다. 톱니바퀴처럼 돌아가는 세상에서 한 번 낙
오하면 다시 회복하기 힘든 나락으로 떨어지고 만다. 이러한
걱정은 살아가는 내내 근본적으로 잠재되어 우리를 괴롭히는
불안이다. 실존의 문제로 이를 접근하여 키에르케고르의 단독
자가 되면 철학과 자유주의를 배제하고 종교에서 구원을 찾게
되고, 니체에 이르러야 철학과 문학으로 나아가게 된다.
　동양에서는 이와 조금 다르게 고매한 인격 수양을 통해 일
상으로 돌아간다. 도교, 불교, 유교가 삼교 합일을 이루면서
결국 하나의 중심을 향하는데 그 중심은 천지인의 조화이며
중생과 어울려 사는 일이다. 도가 높을수록 아수라장과 같은

147

세계로 돌아가 이들과 하나가 되면서 품격을 지키는 어려운 과제를 수행해야 한다. 박산 시인이 〈쾌설〉에서 김성탄과 같은 대문호를 격의 없이 친구로 받아들이는 모습을 보여준 것은 이러한 풍모라고 여겨진다.

이처럼 세계를 바람처럼 누비며 인생을 보내다가 늦게 창조의 길에 들어선 문인들을 주역으로 풀어본다면 풍지관(風地觀)의 괘에 해당한다. 땅을 나타내는 지괘가 위에 있고 아래는 바람을 나타내는 풍괘가 합쳐서 드디어 세상을 관조하게 되어 세상의 고통을 구제하는 관세음보살과 같은 존재의 특질을 가진다는 괘상이다. 작가의 본질은 온 세상을 누비는 바람이고, 현실과 이상의 괴리에 따라 갈등과 풍파가 끊이지 않지만 서서히 세상을 보는 안목과 해석하는 관점을 형성하여 드디어 중생을 구제하는 일에 나서게 된다는 뜻이다.

이처럼 간단하게 박산 시인의 제5시집 『가엾은 영감태기』에 대한 감상을 정리하여 보았다. 추가로 사물과 풍경을 바라보는 섬세한 감성과 절제된 시어에 대해서는 많은 동료 시인들께서 보다 높은 식견을 제시할 것이다. 좋은 시집 원고를 보내주신 시인의 노고에 감사드린다.